Learn 7 Languages
with Flashcards

用學習卡學7國語言：
英、西、法、德、義、日、韓

Giancarlo Zecchino（江書宏）、吳若楠 主編

葛祖尹 插畫

國家圖書館出版品預行編目資料

用學習卡學7國語言：英、西、法、德、義、日、韓
Giancarlo Zecchino（江書宏）、吳若楠　主編
-- 臺北市：瑞蘭國際, 2020.12
120面；19 × 26公分. --（外語學習；88）
ISBN：978-986-5560-04-1（平裝）
1. 外語教學 2. 語言學習

800.3　　　　　　　　　　　　　　　　　　　　109016729

外語學習系列 88

用學習卡學 7 國語言：英、西、法、德、義、日、韓

主編｜ Giancarlo Zecchino（江書宏）、吳若楠
插畫｜葛祖尹
特別感謝｜ Andre Ellis（易安卓）、Jonathan Alonso Iglesia（約拿單）、
　　　　　Urpi Iannino（吳謐）、Michael Friedrich（福德義）、
　　　　　磯谷良実（楊良實）、최동호（崔東皓）
責任編輯｜鄧元婷、王愿琦、葉仲芸
校對｜ Giancarlo Zecchino（江書宏）、鄧元婷、王愿琦

英語錄音｜ Andre Ellis（易安卓）
西語錄音｜ Jonathan Alonso Iglesia（約拿單）
法語錄音｜ Daniel Mupamba（穆達念）
德語錄音｜ Michael Friedrich（福德義）
義語錄音｜ Giancarlo Zecchino（江書宏）
日語錄音｜磯谷良実（楊良實）
韓語錄音｜허우영（許祐榮）
錄音室｜采漾錄音製作有限公司
封面設計｜劉麗雪
版型設計｜陳如琪
內文排版｜方皓承、陳如琪

出版社｜瑞蘭國際有限公司 · 地址｜台北市大安區安和路一段 104 號 7 樓之一
電話｜ (02) 2700-4625 · 傳真｜ (02) 2700-4622 · 訂購專線｜ (02) 2700-4625
劃撥帳號｜ 19914152 瑞蘭國際有限公司
瑞蘭國際網路書城｜ www.genki-japan.com.tw

法律顧問｜海灣國際法律事務所　呂錦峯律師

總經銷｜聯合發行股份有限公司 · 電話｜ (02) 2917-8022、2917-8042
傳真｜ (02) 2915-6275、2915-7212 · 印刷｜科億印刷股份有限公司
出版日期｜ 2020 年 12 月初版 1 刷 · 定價｜ 600 元 · ISBN｜ 978-986-5560-04-1

作者序

背單字，只要採取正確的方法就能做到！

我從11歲開始學習外語。按照當時的制度，義大利中學生必須修習一門外語，通常是英語，此外，那些願意每週額外撥出4個小時來學習的學生，可以選修一門第二外語。我從小時候開始就是一名勤奮好學的學生，並對各種語言有著強烈的學習熱忱，因此，我想也不想，便在英語之外還選修了法語。

我依然記得我法語課本的封面。其中特別令我印象深刻的，是課本第一章開頭的地方，列舉了一系列課堂常用的單詞，例如：學生、課桌、黑板、鋼筆、鉛筆、筆記本等，共約十多個單詞。我想盡辦法記住那些單詞，卻無論如何不得其門而入，它們就是不願進到我的腦袋中！氣餒的我求助於老師，那也許是我學生時代遇過最糟糕的一位師長，她直言厲色、劈頭說道：「這就是學習語言的困難之處啊，你必須要有很棒的記憶力，才能記住所有的單詞！」於是我詢問她，有什麼方法可以將單詞學得快、記得久？她興味索然地以一個不屑的表情作為答覆，接著是全班同學的一陣哄堂大笑。我由此得出結論，認定學習語言是一項艱巨的任務，學習者得要不斷對抗自己的記憶力、不斷挑戰自己的自尊心。

然而，隨著我慢慢成長，我學會了幾種語言，其中包括中文，世界上最困難的語言之一，期間我反而體會到，學習新單字其實是外語學習過程中最簡單、最有趣，而且最令人感到興致昂然的一部分——只需採取正確的學習法即可！而想要找到正確的學習法，學習者得要認識到人的大腦究竟以何種方式學習，並善加利用大腦與生俱來的各種能力。

舉例來說，人的大腦的學習方式之一，便是在單詞與單詞之間創造關聯性、尋找單詞與單詞之間的語義關聯。此外，大腦也對圖像也非常敏感，相對於一個單純的聲響或一系列的字母，大腦更擅長記憶圖像。正是基於這個道理，我深信圖像學習卡是一種對學習新單詞極其有效的方式，尤其適用於初學者。這個學習法不僅與大腦運作機制相得益彰，更是一種樂趣橫生的學習方式，自學者和課堂師生皆可運用圖像學習卡邊玩邊學。

從那堂可怕的法語課到現在已過了20幾年。經過那次的創傷，我至今仍沒能學會優美的法語，但我從中體會到，一位優秀的老師必須幫助學生掌握有效的學習方式，好讓學習外語成為一個充滿樂趣、激發熱情的體驗！正是出於這個緣故，我和幾位同樣熱衷於外語教學的好友決定攜手合作，共同編寫這本書，我們衷心希望它會讓你愛上外語學習。在此，我向他們大家致以特別的感謝，尤其是繪製了336張圖案的Zoe葛祖尹，她筆下生動活潑的圖片，想必會深深烙印在各位腦海中很長很長一段時間。

如何使用本書

STEP 1 下載全書音檔

在開始課程之前，別忘了先拿出手機，掃描書封上的QR Code，就能立即下載書中所有音檔喔！（請自行使用智慧型手機，下載喜歡的QR Code掃描器，更能有效偵測書中QR Code！）

STEP 2 尋找目標音檔

（1）想聆聽「每個單字」的7國語言嗎？

請按照學習卡編號找到音檔，每個單字單獨切成一軌，每一軌都有7國語言，共336軌。

（2）想聆聽「單一某種語言」的全部單字嗎？

請按照語別縮寫及單字分類找到音檔，每種語言都依分類切成22軌，共154軌。

英語請聽：TRACK EN-01〜TRACK EN-22

西語請聽：TRACK SP-01〜TRACK SP-22

法語請聽：TRACK FR-01〜TRACK FR-22

德語請聽：TRACK GE-01〜TRACK GE-22

義語請聽：TRACK IT-01〜TRACK IT-22

日語請聽：TRACK JP-01〜TRACK JP-22

韓語請聽：TRACK KO-01〜TRACK KO-22

STEP 3 製作學習卡

只要沿著書上裁切線撕開，就能自製學習卡！裁下的每張學習卡都是一個單字，正面為代表單字的精美插圖，反面為該單字的七國語言。依卡上編號，搭配音檔使用，學習效果最佳！

如何使用學習卡

　　首先選擇同一主題下的幾張學習卡，將它們排列在眼前，一邊聆聽音檔一邊藉由大聲朗讀將內容輸入到頭腦中。接著，回想並朗讀，看看自己記得多少。在這個過程中，將學習卡歸為三類：一、我已經學會的，二、我不確定的，三、我還沒學會的。之後，首先加強練習第三類，接著再練習第二類。

請注意：

1. 每次練習都只聚焦在單一一個「同類主題」的學習卡就好，例如「職業」、「場所」、「衣服」、「動物」、「動詞」等。

2. 先把學習卡內容弄懂學會，再利用它們來測驗記憶。

3. 使用學習卡時一定要大聲朗讀出來；可以的話搭配適合的動作加強印象。絕對不要默默地看著圖片，復誦在心裡，因為語言主要不是用眼睛而是用耳朵學會的，所以要讓你的頭腦聽到你想要學會的單字。

進一步擴大學習效果

1. 找出學習卡之間的關聯性，例如：「藥師」-「藥局」-「藥丸」-「溫度計」-「發燒」-「醫生」-「醫院」-「護士」等。

2. 有些動詞學習卡和名詞學習卡之間也存在著關聯性，請試著把它們找出來並擺在你面前，然後大聲唸出來。比方說，可以把「彈奏」學習卡擺在中間，然後把所有與樂器相關的學習卡擺在「彈奏」學習卡的周圍，最後把它們一起唸出來。以西班牙語為例：

「tocar el piano」（彈鋼琴）	「tocar el saxofón」（吹薩克管）
「tocar la flauta」（吹長笛）	「tocar la batería」（打鼓）
「tocar la guitarra」（彈吉他）	「tocar el violín」（拉小提琴）

接著提高難度，練習動詞變化。同樣以西班牙語為例：

「yo toco el piano」（我彈鋼琴）

「tu tocas el piano」（你彈鋼琴）

「el toca el piano」（他彈鋼琴）等。

3. 運用「擴展法」造句。請隨機拿一張學習卡並造句。以英語為例：

「The shirt is blue.」（襯衫是藍色的。）

「My shirt is not red. It is blue.」（我的襯衫不是紅色的。它是藍色的。）

這樣可以一次練習定冠詞、顏色和否定句。再以義大利語為例：

「Ho una gonna blu.」（我有一條藍色的裙子。）

「Hai una gonna blu.」（你有一條藍色的裙子。）

「Ha una gonna blu.」（他有一條藍色的裙子。）

這樣可以一次練習動詞變化、不定冠詞和顏色。同樣以義大利語為例：

「La mia gonna è blu.」（我的裙子是藍色的。）

「La tua gonna è blu.」（你的裙子是藍色的。）

「La sua gonna è blu.」（他的裙子是藍色的。）

「Le mie ciabatte sono marroni.」（我的拖鞋是咖啡色的。）

「Le tue ciabatte sono marroni.」（你的拖鞋是咖啡色的。）

「Le sue ciabatte sono marroni.」（他的拖鞋是咖啡色的。）

這樣可以一次練習動詞變化、物主形容詞和顏色。

4. 在學習卡背面寫下你上課、閱讀、看短片時所遇到的相關詞彙。

用學習卡玩遊戲

少了哪幾張？

老師先在桌上擺幾張學習卡。給學生一分鐘的時間記憶它們，然後把卡片收起來，重新整理後抽走幾張，並把剩下的學習卡放回桌上。請學生回答：「少了哪幾張？」記得最多的人獲勝。一開始玩的時候，可以抽走較少的學習卡，接著抽走較多以提高難度。

卡片大聲説

將學習卡的圖案那面朝上，讓學生輪流抽卡，每人抽出一張，並大聲説出單字，但不能查看背面。答對的話，學生便贏得這張卡片，答錯的話必須歸還卡片，並輪到下一位學生挑戰。贏得最多張卡片的人獲勝。

比手畫腳

每個學生輪流抽一張卡片，並進行比手畫腳。猜中的人可以贏走卡片，並抽下一張，接續進行比手畫腳。贏得最多張卡片的人獲勝。

卡片接龍

老師喊出一個主題，例如「樂器」，每一個學生要輪流説出一個或者更多相關的詞彙。

目次

職業

01-1
01-2

01-3
01-4

01-5
01-6

中 店員
英 shop assistant
西 el vendedor / la vendedora
法 le vendeur / la vendeuse
德 der Verkäufer / die Verkäuferin
義 il commesso / la commessa
日 店員
韓 점원

中 吧檯手
英 bartender
西 el barman
法 le barman
德 der Barista
義 il barista / la barista
日 バリスタ
韓 바텐더

中 醫生
英 doctor
西 el doctor / la doctora
法 le docteur
德 der Arzt / die Ärztin
義 il dottore / la dottoressa
日 医者
韓 의사

中 藥劑師
英 pharmacist
西 el farmacéutico / la farmacéutica
法 le pharmacien / la pharmacienne
德 der Apotheker / die Apothekerin
義 il farmacista / la farmacista
日 薬剤師
韓 약사

中 警察
英 police officer
西 el policía / la policía
法 le policier / la policière
德 der Polizist / die Polizistin
義 il poliziotto / la poliziotta
日 警察
韓 경찰

中 護士
英 nurse
西 el enfermero / la enfermera
法 l'infirmier / l'infirmière
德 der Krankenpfleger / die Krankenschwester
義 l'infermiere / l'infermiera
日 看護師
韓 간호사

01 職業

011

01-7
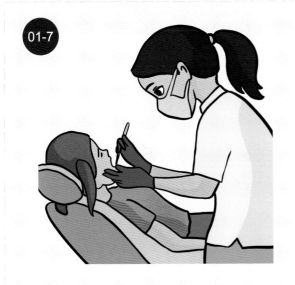

01-8

01-9

01-10

01-11

01-12

中 上班族
英 employee
西 el oficinista / la oficinista
法 l'employé / l'employée
德 der Angestellte / die Angestellte
義 l'impiegato / l'impiegata
日 従業員
韓 직장인

中 牙醫
英 dentist
西 el dentista / la dentista
法 le dentiste
德 der Zahnarzt / die Zahnärztin
義 il dentista / la dentista
日 歯科医
韓 치과 의사

中 服務生
英 waiter / waitress
西 el camarero / la camarera
法 le serveur / la serveuse
德 der Kellner / die Kellnerin
義 il cameriere / la cameriera
日 ウェイター
韓 웨이터 / 웨이트리스

中 廚師
英 cook
西 el cocinero / la cocinera
法 le cuisinier / la cuisinière
德 der Koch / die Köchin
義 il cuoco / la cuoca
日 コック
韓 요리사

中 攝影師
英 photographer
西 el fotógrafo / la fotógrafa
法 le photographe / la photographe
德 der Fotograf / die Fotografin
義 il fotografo / la fotografa
日 カメラマン
韓 사진사

中 理髮師
英 hair stylist
西 el peluquero / la peluquera
法 le coiffeur / la coiffeuse
德 der Friseur / die Friseurin
義 il parrucchiere / la parrucchiera
日 美容師
韓 미용사

01 職業

中 祕書
英 secretary
西 el secretario / la secretaria
法 le secretaire / la secrétaire
德 der Sekretär / die Sekretärin
義 il segretario / la segretaria
日 秘書
韓 비서

中 律師
英 lawyer
西 el abogado / la abogada
法 l'avocat / l'avocate
德 der Anwalt / die Anwältin
義 l'avvocato
日 弁護士
韓 변호사

中 司機
英 driver
西 el conductor / la conductora
法 le chauffeur
德 der Fahrer / die Fahrerin
義 l'autista
日 運転手
韓 운전기사

中 建築師
英 architect
西 el arquitecto / la arquitecta
法 l'architecte
德 der Architekt / die Architektin
義 l'architetto
日 建築家
韓 건축가

中 老師
英 teacher
西 el maestro / la maestra
法 l'enseignant / l'enseignante
德 der Lehrer / die Lehrerin
義 l'insegnante
日 教師
韓 선생님

中 工人
英 worker
西 el obrero / la obrera
法 l'ouvrier / l'ouvrière
德 der Arbeiter / die Arbeiterin
義 l'operaio / l'operaia
日 労働者
韓 근로자

02 場所

02-1

02-2

02-3

02-4

02-5

02-6

中 圖書館
英 library
西 la biblioteca
法 la bibliothèque
德 die Bibliothek
義 la biblioteca
日 図書館
韓 도서관

中 公園
英 park
西 el parque
法 le parc
德 der Park
義 il parco
日 公園
韓 공원

中 醫院
英 hospital
西 el hospital
法 l'hôpital
德 das Krankenhaus
義 l'ospedale
日 病院
韓 병원

中 學校
英 school
西 la escuela
法 l'école
德 die Schule
義 la scuola
日 学校
韓 학교

中 警察局
英 police station
西 la comisaría
法 le commissariat
德 die Polizeiwache
義 il commissariato
日 警察署
韓 경찰서

中 咖啡廳
英 coffee shop
西 la cafetería
法 le café
德 das Café
義 il bar
日 カフェ
韓 카페

02 場所

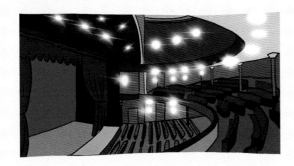

中 餐廳
英 restaurant
西 el restaurante
法 le restaurant
德 das Restaurant
義 il ristorante
日 レストラン
韓 식당

中 劇院
英 theater
西 el teatro
法 le théatre
德 das Theater
義 il teatro
日 劇場
韓 극장

中 電影院
英 movie theater
西 el cine
法 le cinéma
德 das Kino
義 il cinema
日 映画館
韓 영화관

中 博物館
英 museum
西 el museo
法 le musée
德 das Museum
義 il museo
日 博物館
韓 박물관

中 購物中心
英 mall
西 el centro comercial
法 le centre commercial
德 das Einkaufszentrum
義 il centro commerciale
日 ショッピングモール
韓 쇼핑 센터

中 動物園
英 zoo
西 el zoológico
法 le zoo
德 der Zoo
義 lo zoo
日 動物園
韓 동물원

02 場所

02-13

02-14

02-15

02-16

02-17

02-18

中 麵包店
英 bakery
西 la panadería
法 la boulangerie
德 die Bäckerei
義 la panetteria
日 パン屋
韓 빵집

中 超市
英 supermarket
西 el supermercado
法 le supermarché
德 der Supermarkt
義 il supermercato
日 スーパーマーケット
韓 슈퍼

中 文具店
英 stationery store
西 la papelería
法 la papeterie
德 das Schreibwarengeschäft
義 la cartoleria
日 文房具店
韓 문구점

中 洗衣店
英 dry cleaner
西 la lavandería
法 la blanchisserie
德 die Reinigung
義 la lavanderia
日 クリーニング店
韓 세탁소

中 飯店
英 hotel
西 el hotel
法 l'hôtel
德 das Hotel
義 l'albergo
日 ホテル
韓 호텔

中 藥局
英 pharmacy
西 la farmacia
法 la pharmacie
德 die Apotheke
義 la farmacia
日 薬局
韓 약국

03 交通

03　交通

03-1

03-2

03-3

03-4

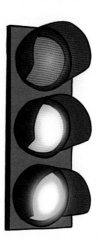

03-5

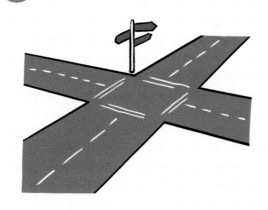

03-6

中 噴水池
英 fountain
西 la fuente
法 la fontaine
德 der Brunnen
義 la fontana
日 噴水
韓 분수

中 橋
英 bridge
西 el puente
法 le pont
德 die Brücke
義 il ponte
日 橋
韓 다리

中 紅綠燈
英 traffic light
西 el semáforo
法 le feu tricolore
德 die Ampel
義 il semaforo
日 信号
韓 신호등

中 廣場
英 square
西 la plaza
法 la place publique
德 der Platz
義 la piazza
日 広場
韓 광장

中 街道
英 street
西 la calle
法 la route
德 die Straße
義 la strada
日 街路
韓 길

中 十字路口
英 intersection
西 el cruce
法 le carrefour
德 die Kreuzung
義 l'incrocio
日 交差点
韓 사거리

03 交通

03-7
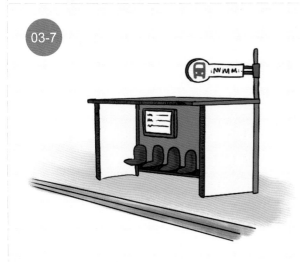

03-8
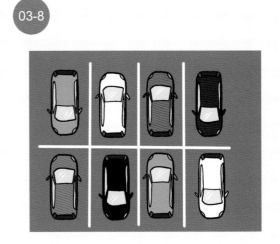

03-9

03-10

03-11

03-12

中 停車場
英 parking lot
西 el estacionamiento
法 le parking
德 der Parkplatz
義 il parcheggio
日 駐車場
韓 주차장

中 公車站
英 bus stop
西 la parada del autobús
法 l'arrêt de bus
德 die Bushaltestelle
義 la fermata dell'autobus
日 バス停
韓 버스 정류장

中 機場
英 airport
西 el aeropuerto
法 l'aéroport
德 der Flughafen
義 l'aeroporto
日 空港
韓 공항

中 車站
英 station
西 la estación
法 la gare
德 die Haltestelle
義 la stazione
日 駅
韓 정류장

中 地鐵
英 metro
西 el metro
法 le métro
德 die U-Bahn
義 la metro
日 地下鉄
韓 지하철

中 地鐵站
英 metro station
西 la estación del metro
法 l'arrêt de métro
德 die U-Bahn-Haltestelle
義 la fermata della metro
日 地下鉄の駅
韓 지하철 역

03 交通

03-13

03-14

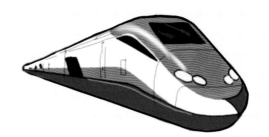

03-15

03-16

03-17

03-18

中 火車
英 train
西 el tren
法 le train
德 der Zug
義 il treno
日 列車
韓 기차

中 汽車
英 car
西 el coche
法 la voiture
德 das Auto
義 la macchina
日 自動車
韓 자동차

中 公車
英 bus
西 el autobús
法 le bus
德 der Bus
義 l'autobus
日 バス
韓 버스

中 飛機
英 airplane
西 el avión
法 l'avion
德 das Flugzeug
義 l'aereo
日 飛行機
韓 비행기

中 自行車
英 bicycle
西 la bicicleta
法 le vélo
德 das Fahrrad
義 la bicicletta
日 自転車
韓 자전거

中 摩托車
英 motorcycle
西 la moto
法 la moto
德 das Motorrad
義 la moto
日 バイク
韓 오토바이

04 文具

04-1

04-2

04-3

04-4

04-5

04-6

中 筆記本
英 notebook
西 el cuaderno
法 le cahier
德 das Heft
義 il quaderno
日 ノート
韓 공책

中 書
英 book
西 el libro
法 le livre
德 das Buch
義 il libro
日 本
韓 책

中 鉛筆
英 pencil
西 el lápiz
法 le crayon à papier
德 der Bleistift
義 la matita
日 鉛筆
韓 연필

中 原子筆
英 pen
西 el bolígrafo
法 le stylo
德 der Stift
義 la penna
日 ボールペン
韓 볼팬

中 立可白
英 whiteout
西 el corrector
法 le correcteur
德 die Korrekturflüssigkeit
義 il bianchetto
日 修正液
韓 화이트

中 橡皮擦
英 eraser
西 la goma de borrar
法 la gomme
德 der Radiergummi
義 la gomma
日 消しゴム
韓 지우개

05 動物

05-1

05-2

05-3

05-4

05-5

05-6

中 獅子
英 lion
西 el león / la leona
法 le lion / la lionne
德 der Löwe
義 il leone / la leonessa
日 ライオン
韓 사자

中 大象
英 elephant
西 el elefante / la elefanta
法 l'éléphant
德 der Elefant
義 l'elefante
日 ゾウ
韓 코끼리

中 猴子
英 monkey
西 el mono / la mona
法 le singe
德 der Affe
義 la scimmia
日 サル
韓 원숭이

中 老虎
英 tiger
西 el tigre / la tigresa
法 le tigre / la tigresse
德 der Tiger
義 la tigre
日 トラ
韓 호랑이

中 綿羊
英 sheep
西 la oveja
法 le mouton
德 das Schaf
義 la pecora
日 羊
韓 양

中 長頸鹿
英 giraffe
西 la jirafa
法 la girafe
德 die Giraffe
義 la giraffa
日 キリン
韓 기린

05 動物

05-7

05-8

05-9

05-10

05-11

05-12

中 公雞／母雞
英 rooster / hen
西 el gallo / la gallina
法 le coq / la poule
德 der Hahn / die Henne
義 il gallo / la gallina
日 ニワトリ
韓 수탉 / 암탉

中 馬
英 horse
西 el caballo / la yegua
法 le cheval
德 das Pferd
義 il cavallo
日 馬
韓 말

中 狗
英 dog
西 el perro / la perra
法 le chien / la chienne
德 der Hund
義 il cane / la cagna
日 犬
韓 개

中 兔子
英 rabbit
西 el conejo / la coneja
法 le lapin
德 der Hase
義 il coniglio
日 ウサギ
韓 토끼

中 豬
英 pig
西 el cerdo / la cerda
法 le cochon / la truie
德 das Schwein
義 il maiale
日 豚
韓 돼지

中 貓
英 cat
西 el gato / la gata
法 le chat / la chatte
德 die Katze
義 il gatto / la gatta
日 猫
韓 고양이

05 **動物**

05-13

05-14

05-15

05-16

05-17

05-18

中 乳牛
英 cow
西 la vaca
法 la vache
德 die Kuh
義 la mucca
日 乳牛
韓 젖소

中 老鼠
英 mouse
西 el ratón / la ratona
法 la souris
德 die Maus
義 il topo
日 ネズミ
韓 쥐

中 熊
英 bear
西 el oso / la osa
法 l'ours
德 der Bär
義 l'orso
日 熊
韓 곰

中 蛇
英 snake
西 la serpiente
法 le serpent
德 die Schlange
義 il serpente
日 蛇
韓 뱀

中 鱷魚
英 crocodile
西 el cocodrilo
法 le crocodile
德 das Krokodil
義 il coccodrillo
日 ワニ
韓 악어

中 熊貓
英 panda
西 el oso panda
法 le panda
德 der Panda
義 il panda
日 パンダ
韓 팬더

05 動物

05-19

05-20

05-21

05-22

05-23

05-24

中 海豚
英 dolphin
西 el delfín
法 le dauphin
德 der Delfin
義 il delfino
日 イルカ
韓 돌고래

中 鯊魚
英 shark
西 el tiburón
法 le requin
德 der Hai
義 lo squalo
日 サメ
韓 상어

中 烏龜
英 turtle
西 la tortuga
法 la tortue
德 die Schildkröte
義 la tartaruga
日 亀
韓 거북이

中 企鵝
英 penguin
西 el pingüino
法 le pingouin
德 der Pinguin
義 il pinguino
日 ペンギン
韓 펭귄

中 蜜蜂
英 bee
西 la abeja
法 l'abeille
德 die Biene
義 l'ape
日 ミツバチ
韓 벌

中 螞蟻
英 ant
西 la hormiga
法 la fourmi
德 die Ameise
義 la formica
日 アリ
韓 개미

06 看病

中 鼻塞
英 stuffy nose
西 la naríz tapada
法 le nez bouché
德 der Schnupfen
義 il naso chiuso
日 鼻づまり
韓 코막힘

中 咳嗽
英 cough
西 la tos
法 la toux
德 der Husten
義 la tosse
日 せき
韓 기침

中 感冒
英 cold
西 el resfriado
法 le rhume
德 die Erkältung
義 il raffreddore
日 かぜ
韓 감기

中 流感
英 flu
西 la gripe
法 la grippe
德 die Grippe
義 l'influenza
日 インフルエンザ
韓 독감

中 牙痛
英 toothache
西 el dolor de muelas
法 le mal de dents
德 der Zahnschmerz
義 il mal di denti
日 歯痛
韓 치통

中 發燒
英 fever
西 la fiebre
法 la fièvre
德 das Fieber
義 la febbre
日 発熱
韓 열

看病

06-7

06-8

06-9

06-10
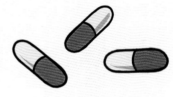

06-11
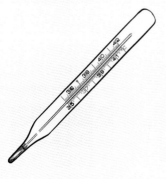

06-12

中 喉嚨痛
英 sore throat
西 el dolor de garganta
法 le mal de gorge
德 der Halsschmerz
義 il mal di gola
日 喉の痛み
韓 목감기

中 肚子痛
英 stomachache
西 el dolor de tripa
法 le mal de ventre
德 der Bauchschmerz
義 il mal di pancia
日 腹痛
韓 복통

中 藥丸
英 pill
西 la píldora
法 la pilule
德 die Tablette
義 la pillola
日 錠剤
韓 알약

中 頭痛
英 headache
西 el dolor de cabeza
法 le mal de tête
德 der Kopfschmerz
義 il mal di testa
日 頭痛
韓 두통

中 OK 繃
英 Band-Aid
西 la tirita
法 le pansement
德 das Pflaster
義 il cerotto
日 ばんそうこう
韓 밴드

中 體溫計
英 thermometer
西 el termómetro
法 le thermomètre
德 das Thermometer
義 il termometro
日 体温計
韓 체온계

07 衣服

07-1

07-2

07-3

07-4

07-5

07-6

中 短褲
英 shorts
西 el pantalón corto
法 le short
德 die kurze Hose
義 il pantaloncino
日 短パン
韓 반바지

中 長褲
英 pants
西 el pantalón
法 le pantalon
德 die lange Hose
義 il pantalone
日 長ズボン
韓 바지

中 裙子
英 skirt
西 la falda
法 la jupe
德 der Rock
義 la gonna
日 スカート
韓 치마

中 帽 T
英 hoodie
西 la sudadera
法 le pull à capuche
德 der Kapuzenpullover
義 la felpa
日 パーカー
韓 후드티

中 女用襯衫
英 blouse
西 la blusa
法 le chemisier
德 die Bluse
義 la camicetta
日 ブラウス
韓 블라우스

中 迷你裙
英 mini skirt
西 la mini falda
法 la mini-jupe
德 der Minirock
義 la minigonna
日 ミニスカート
韓 미니 스커트

衣服

07-7

07-8

07-9

07-10

07-11

07-12

中 毛衣
英 sweater
西 el jersey
法 le pull
德 der Pullover
義 il maglione
日 セーター
韓 스웨터

中 襯衫
英 shirt
西 la camisa
法 la chemise
德 das Hemd
義 la camicia
日 カッターシャツ
韓 셔츠

中 西裝
英 suit
西 el traje
法 le costume
德 der Anzug
義 il completo
日 スーツ
韓 정장

中 T恤
英 t-shirt
西 la camiseta
法 le t-shirt
德 das T-Shirt
義 la maglietta
日 ティーシャツ
韓 티셔츠

中 大衣
英 coat
西 el abrigo
法 le parka
德 der Mantel
義 il cappotto
日 オーバー
韓 코트

中 西裝外套
英 suit jacket
西 la chaqueta del traje
法 la veste
德 das Jacket
義 la giacca
日 ジャケット
韓 정장 재킷

衣服

07-13

07-14

07-15

07-16

07-17

07-18

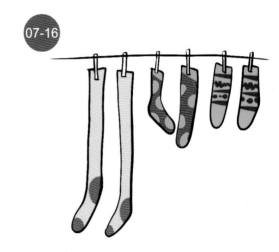

中 雨衣
英 raincoat
西 el impermeable
法 l'imperméable
德 die Regenjacke
義 l'impermeabile
日 レインコート
韓 우비

中 外套
英 jacket
西 la trenca
法 le manteau
德 die Jacke
義 il giubbotto
日 コート
韓 외투

中 襪子
英 socks
西 los calcetines
法 les chaussettes
德 Socken
義 i calzini
日 靴下
韓 양말

中 睡衣
英 pajamas
西 el pijama
法 le pyjama
德 der Pyjama
義 il pigiama
日 パジャマ
韓 잠옷

中 胸罩
英 bra
西 el sujetador
法 le soutien-gorge
德 der BH
義 il reggiseno
日 ブラジャー
韓 브래지어

中 內褲
英 underpants
西 las bragas
法 la culotte
德 die Unterhose
義 le mutande
日 パンツ
韓 팬티

08 配件

 08-1

 08-2

 08-3

 08-4

 08-5

 08-6

中 圍巾
英 scarf
西 la bufanda
法 l'écharpe
德 der Schal
義 la sciarpa
日 スカーフ
韓 스카프

中 領帶
英 tie
西 la corbata
法 la cravatte
德 die Krawatte
義 la cravatta
日 ネクタイ
韓 넥타이

中 帽子
英 hat
西 el sombrero
法 le chapeau
德 die Mütze
義 il cappello
日 帽子
韓 모자

中 手帕
英 handkerchief
西 el pañuelo
法 le mouchoir
德 das Taschentuch
義 il fazzoletto
日 ハンカチ
韓 손수건

中 傘
英 umbrella
西 el paraguas
法 le parapluie
德 der Regenschirm
義 l'ombrello
日 傘
韓 우산

中 手套
英 gloves
西 los guantes
法 les gants
德 Handschuhe
義 i guanti
日 手袋
韓 장갑

08-7

08-8

08-9

08-10

08-11

08-12

中 背包
英 backpack
西 la mochila
法 le sac à dos
德 der Rucksack
義 lo zaino
日 リュックサック
韓 배낭

中 眼鏡
英 glasses
西 las gafas
法 les lunettes
德 die Brille
義 gli occhiali
日 メガネ
韓 안경

中 零錢包
英 change purse
西 el monedero
法 le porte-monnaie
德 die Kleingeldtasche
義 il borsellino
日 小銭入れ
韓 동전 지갑

中 包包
英 purse
西 el bolso
法 le sac à main
德 die Handtasche
義 la borsa
日 かばん
韓 가방

中 皮帶
英 belt
西 el cinturón
法 la ceinture
德 der Gürtel
義 la cintura
日 ベルト
韓 벨트

中 皮夾
英 wallet
西 la billetera
法 le portefeuille
德 das Portemonnaie
義 il portafoglio
日 財布
韓 지갑

08 配件

 08-13

 08-14

08-15

08-16

08-17

08-18

中 項鍊
英 necklace
西 el collar
法 le collier
德 die Halskette
義 la collana
日 ネックレス
韓 목걸이

中 髮夾
英 hair clip
西 la horquilla
法 la barrette
德 die Haarklemme
義 il fermaglio
日 ヘアピン
韓 머리핀

中 耳環
英 earrings
西 los pendientes
法 les boucles d'oreilles
德 Ohrringe
義 gli orecchini
日 イアリング
韓 귀걸이

中 手鍊
英 bracelet
西 la pulsera
法 le bracelet
德 das Armband
義 il bracciale
日 ブレスレット
韓 팔찌

中 手錶
英 watch
西 el reloj
法 la montre
德 die Armbanduhr
義 l'orologio
日 腕時計
韓 손목시계

中 戒指
英 ring
西 el anillo
法 la bague
德 der Ring
義 l'anello
日 指輪
韓 반지

09 鞋子

09-1

09-2

09-3

09-4

09-5

09-6

中 運動鞋
英 sports shoes
西 las zapatillas
法 les baskets
德 Turnschuhe
義 le scarpe da ginnastica
日 運動靴
韓 운동화

中 鞋子
英 shoes
西 los zapatos
法 les chaussures
德 Schuhe
義 le scarpe
日 靴
韓 신발

中 靴子
英 boots
西 las botas
法 les bottes
德 Stiefel
義 gli stivali
日 ブーツ
韓 부츠

中 高跟鞋
英 high heels
西 los zapatos de tacón
法 les chaussures à talons
德 Stöckelschuhe
義 le scarpe col tacco
日 ハイヒール
韓 하이힐

中 拖鞋
英 slippers
西 las chancletas
法 les tongs
德 Pantoffeln
義 le ciabatte
日 スリッパ
韓 슬리퍼

中 涼鞋
英 sandals
西 las sandalias
法 les sandales
德 Sandalen
義 i sandali
日 サンダル
韓 샌들

10 顔色

10-1

10-2
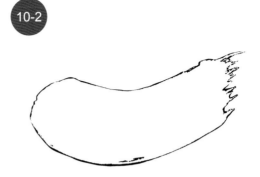

10-3

10-4

10-5

10-6

中 白色
英 white
西 blanco
法 blanc
德 weiß
義 bianco
日 白
韓 흰색

中 灰色
英 grey
西 gris
法 gris
德 grau
義 grigio
日 グレー
韓 회색

中 紅色
英 red
西 rojo
法 rouge
德 rot
義 rosso
日 赤
韓 빨간색

中 黑色
英 black
西 negro
法 noir
德 schwarz
義 nero
日 黒
韓 검정색

中 黃色
英 yellow
西 amarillo
法 jaune
德 gelb
義 giallo
日 黄色
韓 노란색

中 粉紅色
英 pink
西 rosa
法 rose
德 rosa
義 rosa
日 ピンク
韓 분홍색

10 顏色

10-7

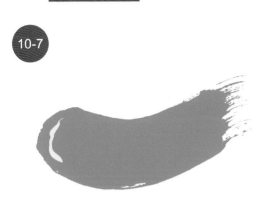

10-8

10-9

10-10

10-11

10-12

中 紫色
英 purple
西 violeta
法 violet
德 violett
義 viola
日 紫
韓 보라색

中 綠色
英 green
西 verde
法 vert
德 grün
義 verde
日 緑
韓 초록색

中 棕色
英 brown
西 marrón
法 marron
德 braun
義 marrone
日 茶色
韓 갈색

中 藍色
英 blue
西 azul
法 bleu
德 hellblau
義 blu
日 水色
韓 파란색

中 天藍色
英 sky blue
西 celeste
法 bleu ciel
德 himmelblau
義 celeste
日 スカイブルー
韓 하늘색

中 橘色
英 orange
西 naranja
法 orange
德 orange
義 arancione
日 オレンジ
韓 주황색

11 食物

11-1

11-2

11-3

11-4

11-5

11-6

中 火腿
英 ham
西 el jamón
法 le jambon
德 der Schinken
義 il prosciutto
日 ハム
韓 햄

中 肉排
英 steak
西 el filete
法 le steak
德 das Steak
義 la bistecca
日 ステーキ
韓 스테이크

中 起司
英 cheese
西 el queso
法 le fromage
德 der Käse
義 il formaggio
日 チーズ
韓 치즈

中 麵包
英 bread
西 el pan
法 le pain
德 das Brot
義 il pane
日 パン
韓 빵

中 油
英 oil
西 el aceite
法 l'huile
德 das Öl
義 l'olio
日 オイル
韓 기름

中 奶油
英 butter
西 la mantequilla
法 le beurre
德 die Butter
義 il burro
日 バター
韓 버터

11 食物

11-7

11-8

11-9

11-10

11-11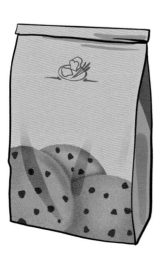

11-12

中 胡椒
英 pepper
西 la pimienta
法 le poivre
德 der Pfeffer
義 il pepe
日 こしょう
韓 후추

中 鹽
英 salt
西 la sal
法 le sel
德 das Salz
義 il sale
日 塩
韓 소금

中 瓶子
英 bottle
西 la botella
法 la bouteille
德 die Flasche
義 la bottiglia
日 ビン
韓 병

中 鐵鋁罐
英 can
西 la lata
法 la canette
德 die Dose
義 la lattina
日 アルミ缶
韓 캔

中 果醬
英 jam
西 la mermelada
法 la confiture
德 die Marmelade
義 la marmellata
日 ジャム
韓 잼

中 包裝袋
英 bag
西 la bolsa
法 le sac
德 die Packung
義 il pacco
日 袋
韓 봉지

12 蔬菜

12-1

12-2

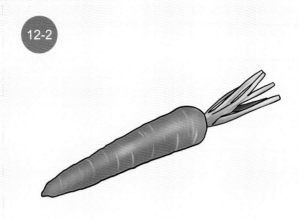

12-3

12-4

12-5

12-6

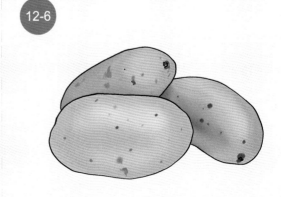

中 胡蘿蔔
英 carrot
西 la zanahoria
法 la carotte
德 die Karotte
義 la carota
日 にんじん
韓 당근

中 洋蔥
英 onion
西 la cebolla
法 l'oignon
德 der Zwiebel
義 la cipolla
日 玉ねぎ
韓 양파

中 甜椒
英 bell pepper
西 el pimiento
法 le poivron
德 der Paprika
義 il peperone
日 パプリカ
韓 파프리카

中 茄子
英 eggplant
西 la berengena
法 l'aubergine
德 die Aubergine
義 la melanzana
日 なす
韓 가지

中 馬鈴薯
英 potato
西 la patata
法 la patate
德 die Kartoffel
義 la patata
日 じゃがいも
韓 감자

中 櫛瓜
英 zucchini
西 el calabacín
法 la courgette
德 die Zucchini
義 la zucchina
日 ズッキーニ
韓 애호박

12 蔬菜

12-7

12-8

12-9

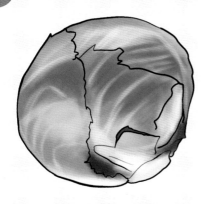

12-10

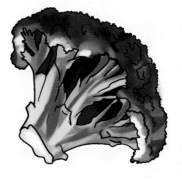

12-11

12-12

中 小黃瓜
英 cucumber
西 el pepino
法 le concombre
德 die Gurke
義 il cetriolo
日 きゅうり
韓 오이

中 番茄
英 tomato
西 el tomate
法 la tomate
德 die Tomate
義 il pomodoro
日 トマト
韓 토마토

中 花椰菜
英 broccoli
西 el brócoli
法 le brocoli
德 der Brokkoli
義 il broccolo
日 ブロッコリー
韓 브로콜리

中 高麗菜
英 cabbage
西 el repollo
法 le chou
德 der Kohl
義 il cavolo
日 キャベツ
韓 양배추

中 南瓜
英 pumpkin
西 la calabaza
法 la citrouille
德 der Kürbis
義 la zucca
日 かぼちゃ
韓 호박

中 芹菜
英 celery
西 el apio
法 le céleri
德 der Sellerie
義 il sedano
日 セロリ
韓 샐러리

13 水果

13-1

13-2

13-3

13-4

13-5

13-6

中 西瓜
英 watermelon
西 la sandía
法 la pastèque
德 die Wassermelone
義 l'anguria
日 スイカ
韓 수박

中 鳳梨
英 pineapple
西 la piña
法 l'ananas
德 die Ananas
義 l'ananas
日 パイナップル
韓 파인애플

中 草莓
英 strawberry
西 la fresa
法 la fraise
德 die Erdbeere
義 la fragola
日 いちご
韓 딸기

中 櫻桃
英 cherry
西 la cereza
法 la cerise
德 die Kirsche
義 la ciliegia
日 チェリー
韓 체리

中 檸檬
英 lemon
西 el limón
法 le citron
德 die Zitrone
義 il limone
日 レモン
韓 레몬

中 蘋果
英 apple
西 la manzana
法 la pomme
德 der Apfel
義 la mela
日 りんご
韓 사과

13 水果

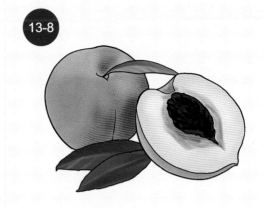

13-7

13-8

13-9

13-10

13-11

13-12

中 桃子
英 peach
西 el melocotón
法 la pêche
德 der Pfirsich
義 la pesca
日 もも
韓 복숭아

中 柳橙
英 orange
西 la naranja
法 l'orange
德 die Orange
義 l'arancia
日 オレンジ
韓 오렌지

中 哈密瓜
英 melon
西 el melón
法 le melon
德 die Honigmelone
義 il melone
日 メロン
韓 멜론

中 葡萄
英 grape
西 la uva
法 le raisin
德 die Weintraube
義 l'uva
日 ぶどう
韓 포도

中 香蕉
英 banana
西 la banana
法 la banane
德 die Banane
義 la banana
日 バナナ
韓 바나나

中 西洋梨
英 pear
西 la pera
法 la poire
德 die Birne
義 la pera
日 ようなし
韓 배

14 飲品

14-1

14-2

14-3

14-4

14-5

14-6

中 啤酒
英 beer
西 la cerveza
法 la bière
德 das Bier
義 la birra
日 ビール
韓 맥주

中 牛奶
英 milk
西 la leche
法 le lait
德 die Milch
義 il latte
日 牛乳
韓 우유

中 咖啡
英 coffee
西 el café
法 le café
德 der Kaffee
義 il caffè
日 コーヒー
韓 커피

中 葡萄酒
英 wine
西 el vino
法 le vin
德 der Wein
義 il vino
日 ワイン
韓 와인

中 水
英 water
西 el agua
法 l'eau
德 das Wasser
義 l'acqua
日 水
韓 물

中 茶
英 tea
西 el té
法 le thé
德 der Tee
義 il tè
日 お茶
韓 차

15 房屋

15-1

15-2

15-3

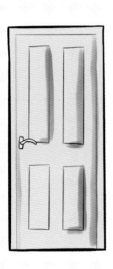

15-4

15-5

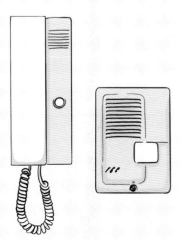

15-6

中 鑰匙
英 key
西 la llave
法 la clé
德 der Schlüssel
義 la chiave
日 かぎ
韓 열쇠

中 房子
英 house
西 la casa
法 la maison
德 das Haus
義 la casa
日 家
韓 집

中 窗戶
英 window
西 la ventana
法 la fenêtre
德 das Fenster
義 la finestra
日 窓
韓 창문

中 門
英 door
西 la puerta
法 la porte
德 die Tür
義 la porta
日 ドア
韓 문

中 電梯
英 elevator
西 el ascensor
法 l'ascenseur
德 der Aufzug
義 l'ascensore
日 エレベーター
韓 엘리베이터

中 對講機
英 intercom
西 el portero automático
法 l'interphone
德 die Gegensprechanlage
義 il citofono
日 インターホン
韓 인터콤

15 房屋

15-7

15-8

15-9

15-10

15-11

15-12

中 廚房
英 kitchen
西 la cocina
法 la cuisine
德 die Küche
義 la cucina
日 キッチン
韓 주방

中 客廳
英 living room
西 el salón
法 le salon
德 das Wohnzimmer
義 il soggiorno
日 リビング
韓 거실

中 臥室
英 bedroom
西 la habitación
法 la chambre à coucher
德 das Schlafzimmer
義 la camera da letto
日 寝室
韓 침실

中 浴室
英 bathroom
西 el baño
法 la salle de bain
德 das Badezimmer
義 il bagno
日 バスルーム
韓 화장실

中 花園
英 garden
西 el jardín
法 le jardin
德 der Garten
義 il giardino
日 庭
韓 정원

中 書房
英 study
西 el estudio
法 la salle d'étude
德 das Arbeitszimmer
義 lo studio
日 書斎
韓 서재

16 家具

16-1

16-2

16-3

16-4

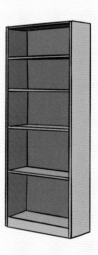

16-5

16-6

中 單人沙發
英 armchair
西 el sillón
法 le fauteuil
德 der Sessel
義 la poltrona
日 一人掛けソファー
韓 싱글소파

中 沙發
英 sofa
西 el sofá
法 le canapé
德 das Sofa
義 il divano
日 ソファー
韓 소파

中 書櫃
英 bookshelf
西 la estantería
法 la bibliothèque
德 das Bücherregal
義 la libreria
日 本棚
韓 책장

中 書桌
英 desk
西 el escritorio
法 le bureau
德 der Schreibtisch
義 la scrivania
日 机
韓 책상

中 桌子
英 table
西 la mesa
法 la table
德 der Tisch
義 il tavolo
日 テーブル
韓 식탁

中 茶几
英 coffee table
西 la mesita
法 la table basse
德 der Couchtisch
義 il tavolino
日 座卓
韓 테이블

家具

16-7

16-8
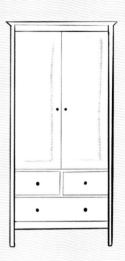

16-9

16-10

16-11

16-12

中 衣櫃
英 wardrobe
西 el armario
法 l'armoire
德 der Kleiderschrank
義 l'armadio
日 クローゼット
韓 옷장

中 椅子
英 chair
西 la silla
法 la chaise
德 der Stuhl
義 la sedia
日 いす
韓 의자

中 檯燈
英 lamp
西 la lámpara
法 la lampe
德 die Lampe
義 la lampada
日 テーブルランプ
韓 등잔

中 床
英 bed
西 la cama
法 le lit
德 das Bett
義 il letto
日 ベッド
韓 침대

中 枕頭
英 pillow
西 la almohada
法 le coussin
德 das Kissen
義 il cuscino
日 枕
韓 베개

中 窗簾
英 curtain
西 la cortina
法 le rideau
德 der Vorhang
義 la tenda
日 カーテン
韓 커튼

17 電器

17-1

17-2

17-3

17-4

17-5

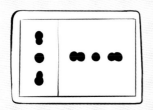

17-6

中 手機
英 cellphone
西 el teléfono móvil
法 le téléphone portable
德 das Handy
義 il telefonino
日 携帯電話
韓 휴대폰

中 電視
英 television
西 la televisión
法 la télévision
德 der Fernseher
義 la televisione
日 テレビ
韓 텔레비전

中 洗衣機
英 washing machine
西 la lavadora
法 la machine à laver
德 die Waschmaschine
義 la lavatrice
日 洗濯機
韓 세탁기

中 電腦
英 computer
西 el ordenador
法 l'ordinateur
德 der Computer
義 il computer
日 パソコン
韓 컴퓨터

中 開關
英 switch
西 el interruptor
法 l'interrupteur
德 der Schalter
義 l'interruttore
日 スイッチ
韓 스위치

中 插座
英 outlet
西 el enchufe
法 la prise éléctrique
德 die Steckdose
義 la presa
日 コンセント
韓 콘센트

18 廚具

18-1
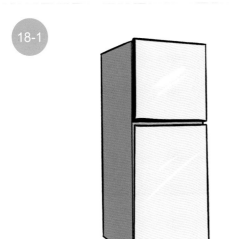

18-2

18-3

18-4

18-5

18-6

中 烤箱
英 oven
西 el horno
法 le four
德 der Ofen
義 il forno
日 オーブン
韓 오븐

中 冰箱
英 fridge
西 el frigo
法 le frigo
德 der Kühlschrank
義 il frigo
日 冷蔵庫
韓 냉장고

中 鍋子
英 pot
西 la olla
法 la casserole
德 der Kochtopf
義 la pentola
日 鍋
韓 냄비

中 爐具
英 burner
西 los fogones
法 la cuisinière
德 die Herdplatte
義 i fornelli
日 ストーブ
韓 가스레인지

中 砧板
英 cutting board
西 la tabla de cortar
法 la planche à découper
德 das Schneidbrett
義 il tagliere
日 まな板
韓 도마

中 平底煎鍋
英 pan
西 la sartén
法 la poêle
德 die Pfanne
義 la padella
日 フライパン
韓 프라이팬

廚具

18-7

18-8

18-9

18-10

18-11

18-12

中 叉子
英 fork
西 el tenedor
法 la fourchette
德 die Gabel
義 la forchetta
日 フォーク
韓 포크

中 湯匙
英 spoon
西 la cuchara
法 la cuillère
德 der Löffel
義 il cucchiaio
日 スプーン
韓 숫가락

中 玻璃杯
英 glass
西 el vaso
法 le verre
德 das Glas
義 il bicchiere
日 グラス
韓 유리잔

中 刀
英 knife
西 el cuchillo
法 le couteau
德 das Messer
義 il coltello
日 ナイフ
韓 칼

中 秤
英 scale
西 la báscula
法 la balance
德 die Waage
義 la bilancia
日 はかり
韓 저울

中 剪刀
英 scissors
西 la tijera
法 les ciseaux
德 die Schere
義 le forbici
日 はさみ
韓 가위

19 化妝室用品

19-1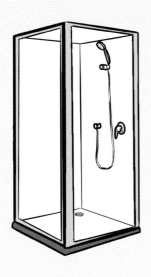

19-2

19-3

19-4

19-5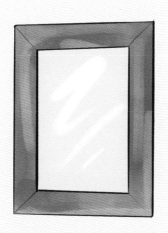

19-6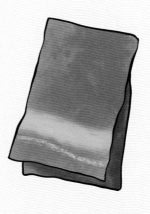

中 浴缸
英 bathtub
西 la bañera
法 la baignoire
德 die Badewanne
義 la vasca
日 バスタブ
韓 욕조

中 淋浴間
英 shower
西 la ducha
法 la douche
德 die Dusche
義 la doccia
日 シャワールーム
韓 샤워부스

中 洗臉槽
英 sink
西 el lavabo
法 le lavabo
德 das Spülbecken
義 il lavabo
日 シンク
韓 세면대

中 馬桶
英 toilet
西 el inodoro
法 la toilette
德 die Toilette
義 il gabinetto
日 便器
韓 변기

中 浴巾
英 towel
西 la toalla
法 la serviette
德 das Badetuch
義 l'asciugamano
日 バスタオル
韓 타월

中 鏡子
英 mirror
西 el espejo
法 le miroir
德 der Spiegel
義 lo specchio
日 鏡
韓 거울

19 化妝室用品

19-7

19-8

19-9

19-10

19-11

19-12

中 洗髮精
英 shampoo
西 el champú
法 le shampoing
德 das Shampoo
義 lo sciampo
日 シャンプー
韓 샴푸

中 衛生紙
英 toilet paper
西 el papel higiénico
法 le papier toilette
德 das Toilettenpapier
義 la carta igienica
日 トイレットペーパー
韓 화장지

中 牙膏
英 toothpaste
西 la pasta de dientes
法 le dentifrice
德 die Zahnpasta
義 il dentifricio
日 歯磨き粉
韓 치약

中 沐浴乳
英 body wash
西 el gel de baño
法 le gel de douche
德 das Duschgel
義 il bagnoschiuma
日 ボディーソープ
韓 샤워젤

中 刮鬍刀
英 razor
西 la cuchilla de afeitar
法 le rasoir
德 der Rasierer
義 il rasoio
日 かみそり
韓 면도기

中 牙刷
英 toothbrush
西 el cepillo de dientes
法 la brosse à dents
德 die Zahnbürste
義 lo spazzolino
日 歯ブラシ
韓 칫솔

19 化妝室用品

19-13

19-14

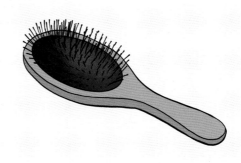

19-15

19-16

19-17

19-18

中 大板梳
英 hair brush
西 el cepillo
法 la brosse
德 die Haarbürste
義 la spazzola
日 ヘアブラシ
韓 나무 브러쉬

中 刮鬍泡
英 shaving cream
西 la espuma de afeitar
法 la mousse à raser
德 der Rasierschaum
義 la schiuma da barba
日 シェービングフォーム
韓 면도크림

中 肥皂
英 soap
西 el jabón
法 le savon
德 die Seife
義 il sapone
日 せっけん
韓 비누

中 梳子
英 comb
西 el peine
法 le peigne
德 der Kamm
義 il pettine
日 くし
韓 빗

中 口紅
英 lipstick
西 el pintalabios
法 le rouge à lèvres
德 der Lippenstift
義 il rossetto
日 口紅
韓 립스틱

中 香水
英 perfume
西 el perfume
法 le parfum
德 das Parfüm
義 il profumo
日 香水
韓 향수

運動

20-1

20-2

20-3

20-4

20-5

20-6

中 排球
英 volleyball
西 vóleibol
法 volleyball
德 Volleyball
義 pallavolo
日 バレーボール
韓 배구

中 足球
英 football
西 fútbol
法 football
德 Fußball
義 calcio
日 サッカー
韓 축구

中 羽毛球
英 badminton
西 bádminton
法 badminton
德 Badminton
義 volano
日 バドミントン
韓 배드민턴

中 籃球
英 basketball
西 baloncesto
法 basketball
德 Basketball
義 pallacanestro
日 バスケットボール
韓 농구

中 網球
英 tennis
西 tenis
法 tennis
德 Tennis
義 tennis
日 テニス
韓 테니스

中 高爾夫球
英 golf
西 golf
法 golf
德 Golf
義 golf
日 ゴルフ
韓 골프

21 樂器

21-1

21-2

21-3

21-4

21-5

21-6

中 鋼琴
英 piano
西 el piano
法 le piano
德 Klavier
義 il piano
日 ピアノ
韓 피아노

中 吉他
英 guitar
西 la guitarra
法 la guitare
德 Gitarre
義 la chitarra
日 ギター
韓 기타

中 鼓
英 drums
西 la batería
法 la batterie
德 Trommel
義 la batteria
日 ドラム
韓 드럼

中 小提琴
英 violin
西 el violín
法 le violon
德 Violine
義 il violino
日 バイオリン
韓 바이올린

中 薩克斯風
英 saxophone
西 el saxofón
法 le saxophone
德 Saxofon
義 il sassofono
日 サックス
韓 색소폰

中 長笛
英 flute
西 la flauta
法 la flûte
德 Flöte
義 il flauto
日 フルート
韓 플룻

22 動詞

22-1

22-2

22-3

22-4

22-5

22-6

中 閱讀
英 read
西 leer
法 lire
德 lesen
義 leggere
日 読む
韓 읽다

中 聽
英 listen
西 escuchar
法 écouter
德 hören
義 ascoltare
日 聞く
韓 듣다

中 說
英 talk
西 hablar
法 parler
德 reden
義 parlare
日 話す
韓 말하다

中 寫
英 write
西 escribir
法 écrire
德 schreiben
義 scrivere
日 書く
韓 쓰다

中 思考
英 think
西 pensar
法 penser
德 nachdenken
義 pensare
日 考える
韓 생각하다

中 學習
英 study
西 estudiar
法 étudier
德 lernen
義 studiare
日 勉強する
韓 공부하다

22 動詞

中 看
英 look
西 ver
法 regarder
德 ansehen
義 guardare
日 見る
韓 보다

中 懂
英 understand
西 entender
法 comprendre
德 verstehen
義 capire
日 分かる
韓 이해하다

中 打電話
英 call
西 llamar
法 téléphoner
德 anrufen
義 telefonare
日 電話をかける
韓 전화하다

中 開車
英 drive
西 conducir
法 conduire
德 Auto fahren
義 guidare
日 運転する
韓 운전하다

中 喝
英 drink
西 beber
法 boire
德 trinken
義 bere
日 飲む
韓 마시다

中 工作
英 work
西 trabajar
法 travailler
德 arbeiten
義 lavorare
日 働く
韓 일하다

22 動詞

22-13

22-14

22-15

22-16

22-17

22-18

中 吃早餐
英 have breakfast
西 desayunar
法 prendre le petit-déjeuner
德 frühstücken
義 fare colazione
日 朝ごはんを食べる
韓 아침을 먹다

中 吃
英 eat
西 comer
法 manger
德 essen
義 mangiare
日 食べる
韓 먹다

中 吃晚餐
英 have dinner
西 cenar
法 dîner
德 zu Abend essen
義 cenare
日 晩ごはんを食べる
韓 저녁을 먹다

中 吃午餐
英 have lunch
西 almorzar
法 déjeuner
德 zu Mittag essen
義 pranzare
日 昼ごはんを食べる
韓 점심을 먹다

中 切
英 cut
西 cortar
法 couper
德 schneiden
義 tagliare
日 切る
韓 자르다

中 做飯
英 cook
西 cocinar
法 cuisiner
德 kochen
義 cucinare
日 料理する
韓 요리하다

22 動詞

22-19

22-20

22-21

22-22

22-23

22-24

中 洗衣服
英 do laundry
西 lavar la ropa
法 faire la lessive
德 Wäsche waschen
義 fare il bucato
日 洗濯する
韓 빨래를 하다

中 打掃
英 tidy up
西 hacer limpieza
法 faire le ménage
德 sauber machen
義 fare le pulizie
日 掃除する
韓 청소하다

中 丟
英 throw out
西 tirar
法 jeter
德 wegwerfen
義 buttare
日 捨てる
韓 버리다

中 清潔
英 clean
西 limpiar
法 nettoyer
德 putzen
義 pulire
日 きれいにする
韓 청소하다

中 選擇
英 choose
西 elegir
法 choisir
德 auswählen
義 scegliere
日 選ぶ
韓 고르다

中 買菜
英 buy groceries
西 hacer las compras
法 faire les courses
德 Lebensmittel einkaufen
義 fare la spesa
日 買い物をする
韓 장을 보다

22 動詞

22-25

22-26

22-27

22-28

22-29

22-30

中 作夢
英 dream
西 soñar
法 rêver
德 träumen
義 sognare
日 夢を見る
韓 꿈꾸다

中 睡覺
英 sleep
西 dormir
法 dormir
德 schlafen
義 dormire
日 寝る
韓 자다

中 等
英 wait
西 esperar
法 attendre
德 warten
義 aspettare
日 待つ
韓 기다리다

中 排隊
英 stand in line
西 hacer fila
法 faire la queue
德 sich anstellen
義 fare la fila
日 並ぶ
韓 줄을 서다

中 寄
英 send
西 enviar
法 envoyer
德 senden
義 spedire
日 送る
韓 보내다

中 付錢
英 pay
西 pagar
法 payer
德 zahlen
義 pagare
日 お金を払う
韓 지불하다

22 動詞

中 走
英 walk
西 caminar
法 marcher
德 gehen
義 camminare
日 歩く
韓 걷다

中 找
英 look for
西 buscar
法 chercher
德 suchen
義 cercare
日 探す
韓 찾다

中 跌倒
英 fall
西 caer
法 tomber
德 hinfallen
義 cadere
日 転ぶ
韓 넘어지다

中 跳
英 jump
西 saltar
法 sauter
德 springen
義 saltare
日 飛び跳ねる
韓 뛰다

中 買
英 buy
西 comprar
法 acheter
德 kaufen
義 comprare
日 買う
韓 사다

中 賣
英 sell
西 vender
法 vendre
德 verkaufen
義 vendere
日 売る
韓 팔다

22 動詞

中 出去
英 go out
西 salir
法 sortir
德 hinausgehen
義 uscire
日 出る
韓 나가다

中 進入
英 enter
西 entrar
法 entrer
德 eintreten
義 entrare
日 入る
韓 들어오다

中 哭
英 cry
西 llorar
法 pleurer
德 weinen
義 piangere
日 泣く
韓 울다

中 笑
英 laugh
西 reír
法 rigoler
德 lachen
義 ridere
日 笑う
韓 웃다

中 下
英 go down
西 bajar
法 descendre
德 hinuntergehen
義 scendere
日 下りる
韓 내려가다

中 上
英 go up
西 subir
法 monter
德 hinaufgehen
義 salire
日 上がる
韓 올라가다

22 動詞

中 關（電器）
英 turn off
西 apagar
法 éteindre
德 ausschalten
義 spegnere
日 消す
韓 끄다

中 開（電器）
英 turn on
西 encender
法 allumer
德 einschalten
義 accendere
日 つける
韓 켜다

中 關
英 close
西 cerrar
法 fermer
德 schließen
義 chiudere
日 閉める
韓 닫다

中 開
英 open
西 abrir
法 ouvrir
德 öffnen
義 aprire
日 開ける
韓 열다

中 起身
英 get up
西 levantarse
法 se lever
德 aufstehen
義 alzarsi
日 起き上がる
韓 일어나다

中 坐下
英 sit down
西 sentarse
法 s'asseoir
德 sich setzen
義 sedersi
日 座る
韓 앉다

22 動詞

中 脱衣
英 take clothes off
西 desvestirse
法 se déshabiller
德 sich ausziehen
義 spogliarsi
日 服を脱ぐ
韓 옷을 벗다

中 穿衣
英 put clothes on
西 vestirse
法 s'habiller
德 sich anziehen
義 vestirsi
日 服を着る
韓 옷을 입다

中 化妝
英 put makeup on
西 maquillarse
法 se maquiller
德 sich schminken
義 truccarsi
日 化粧する
韓 화장을 하다

中 梳頭髮
英 comb
西 peinarse
法 se peigner
德 sich kämmen
義 pettinarsi
日 髪をとく
韓 빗다

中 刮鬍子
英 shave
西 afeitarse la barba
法 se raser
德 sich rasieren
義 radersi
日 ひげをそる
韓 수염을 깎다

中 淋浴
英 take a shower
西 ducharse
法 se laver
德 sich duschen
義 farsi la doccia
日 シャワーを浴びる
韓 샤워하다

22 動詞

22-55

22-56

22-57

22-58

22-59

22-60

中 吻
英 kiss
西 besar
法 embrasser
德 küssen
義 baciare
日 キスする
韓 키스하다

中 送禮
英 give a gift
西 regalar
法 donner
德 schenken
義 regalare
日 プレゼントする
韓 선물하다

中 吵架
英 argue
西 discutir
法 se disputer
德 streiten
義 litigare
日 けんかする
韓 다투다

中 聊天
英 chat
西 charlar
法 discuter
德 sich unterhalten
義 chiacchierare
日 しゃべる
韓 대화하다

中 拍照
英 take a picture
西 hacer una foto
法 prendre une photo
德 fotografieren
義 fare una foto
日 写真を撮る
韓 사진을 찍다

中 旅行
英 travel
西 viajar
法 voyager
德 reisen
義 viaggiare
日 旅行する
韓 여행하다

22 　動詞

中 畫畫
英 paint
西 pintar
法 peigner
德 malen
義 dipingere
日 絵を描く
韓 그리다

中 畫圖
英 draw
西 dibujar
法 dessiner
德 zeichnen
義 disegnare
日 絵を描く
韓 그림을 그리다

中 跑
英 run
西 correr
法 courir
德 laufen
義 correre
日 走る
韓 달리다

中 散步
英 take a walk
西 pasear
法 se promener
德 spazieren gehen
義 passeggiare
日 散歩する
韓 산책하다

中 游泳
英 swim
西 nadar
法 nager
德 schwimmen
義 nuotare
日 泳ぐ
韓 수영하다

中 跳舞
英 dance
西 bailar
法 danser
德 tanzen
義 ballare
日 ダンスする
韓 춤추다

22 動詞

22-67

22-68

22-69

22-70

22-71

22-72

中 滑雪
英 ski
西 esquiar
法 skier
德 Ski fahren
義 sciare
日 スキーをする
韓 스키를 타다

中 溜冰
英 skate
西 patinar
法 patiner
德 eislaufen
義 pattinare
日 スケートをする
韓 스케이트를 타다

中 唱
英 sing
西 cantar
法 chanter
德 singen
義 cantare
日 歌う
韓 노래하다

中 做運動
英 exercise
西 hacer deporte
法 faire du sport
德 Sport machen
義 fare sport
日 運動する
韓 운동하다

中 玩
英 play
西 jugar
法 jouer
德 spielen
義 giocare
日 遊ぶ
韓 놀다

中 彈奏
英 play
西 tocar
法 jouer
德 spielen
義 suonare
日 弾く
韓 연주하다